La cara de la inocencia

PUNTO DE ENCUENTRO

José Cañas Torregrosa

La cara de la inocencia

EVEREST

A todos aquellos que tuvieron que llegar
hasta la otra cara del mundo buscando
una dimensión nueva, justa, tolerante y posible.
Con el deseo mágico de que al fin lo encuentren.

Dirección Editorial: Raquel López Varela
Coordinación Editorial: Ana María García Alonso
Maquetación: Cristina A. Rejas Manzanera

Diseño de cubierta: Jesús Cruz

Carretera León-La Coruña, km 5 - LEÓN
ISBN: 84-241-8072-0
Depósito legal: LE. 315-2003
Printed in Spain - Impreso en España

EDITORIAL EVERGRÁFICAS, S. L.
Carretera León-La Coruña, km 5
LEÓN (España)
www.everest.es

1

Desde los ojos de Violeta

Violeta tiene los ojos grandes. Son unos ojos negros, inmensamente negros.

Su madre dice que son así porque se los robó a la noche cuando ella nació, y que ése fue precisamente su regalo de bienvenida al mundo.

Por eso Violeta mira y mira.

Desde aquellos ojos lo observa todo:

Casas…

Pájaros…

Niños…

Las luces blancas y amarillas de las casas, de las farolas y, también, las festivas y deslumbrantes luces de neón…

Las sonrisas blandas…

La luna inmensa…
Las lágrimas rojas…
Las palabras quebradas o redondas…
Los parques verdes…
Los columpios infinitos…
Los enfados agrios…
Los abrazos que envuelven y alimentan…
Las cometas que, por suerte, nunca se van…

Violeta, que acaba de cumplir once años, ya sabe muchas cosas. Sabe que el Norte es la cabeza y que el Sur está en los pies.

Por eso tal vez su mamá sea tan bajita y su papá (que es del norte) no lo sea tanto.

Ella está a medio camino entre ambos porque nació en el norte, en donde vive, pero cuando mira a su mamá, se da cuenta que más bien pertenece al sur.

Por ese motivo no deja de observar con atención (así, con sus grandes ojos negros) su piel, casi tan morena como la de mamá y, mientras la compara largo rato con la de papá, blanca, blanca (aunque la cara de papá a veces es roja, sobre todo cuando a menudo se reúne con los amigos y luego grita sin más a su mamá).

Cuando eso ocurre, los ojos de Violeta parecen dos océanos oscuros que se desbordan, y sus brazos, dos penínsulas pequeñas que se aferran con fuerza a mamá.

No le duelen a Violeta los empujones y golpes de su padre. Lo que le duele de veras es el cuerpo de su madre, un cuerpo que por momentos se hincha, se amorata, se dilata, se extiende, se resquebraja, se rompe...

Cuando papá se marcha de nuevo o se encierra en el dormitorio, Violeta y su madre lloran muy bajito porque las paredes de su piso son delgadas, y así, casi calladas, acunan y duermen la pena entre las dos.

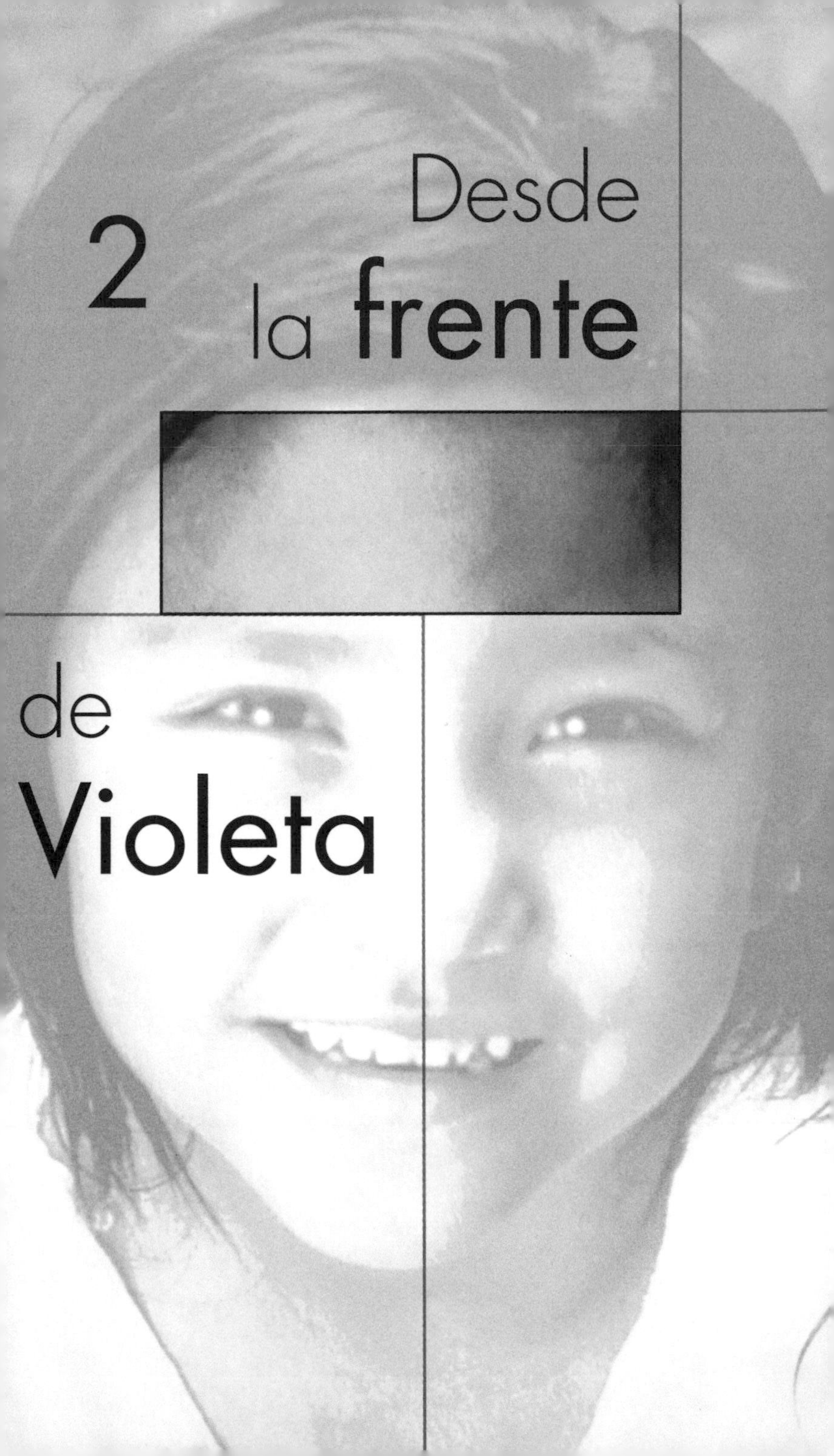
2
Desde
la frente
de
Violeta

La ciudad en donde vive Violeta es muy ancha, tan ancha como su frente.

Ha acudido hasta ella mucha gente de todos los lugares y de todos los colores en busca de lo que llaman *futuro*.

—En esta ciudad nunca te faltará de nada. Aquí hay futuro —le ha repetido tantas veces Romelia a su hija Violeta, que no deja de preguntarse qué es el futuro y dónde se esconde.

Seguramente el *futuro* esté en su escuela, la escuela del barrio, cercana, inmensa, en la que ella aprende que el Mundo es un puzzle de continentes repartidos caprichosamente sobre el agua, y que la gente puede saltar de uno a otro como en el Juego de la Oca.

Sólo basta con tener un poco de suerte como la tuvo su madre, aunque para moverse bien lejos tuviera que limpiar miles de pisos, oficinas y escaleras oscuras.

Quizás el *futuro*, piensa Violeta, sea tener ropa nueva a menudo, o estrenar zapatos de vez en cuando, o cambiar sin parar de canal de televisión.

Pero, no, tal vez el *futuro* sea otra cosa:

Por ejemplo, que Rafael, su padre, deje al fin el almacén adonde acude cada mañana y entre un día a trabajar en la oficina de la misma empresa conservera donde, dicen, sólo hay ordenadores, y papeles, y bolígrafos, y gomas a montones, y hasta tienen aire acondicionado y calefacción (allí, donde no llega jamás el olor del pescado, ni salen por el duro trabajo inmensas y dolorosas llagas en las manos).

¡Ése! ¡Ése sí que sería un buen *futuro*! Un futuro libre de llagas y marcas. Eso sería realmente lo mejor.

3 Desde los oídos de Violeta

Hay rumores que parecen jugar al escondite con determinadas personas, y cuando el tiempo pasa, se comprueba, tristemente, que nadie quiso jugar en realidad con ellas, que todo fue pura apariencia, una estatua de humo que voló.

Violeta vive últimamente feliz cosiendo y atando,

una

tras otra,

palabra

con palabra.

Ha oído en casa que pronto dejarán ese piso tan oscuro y viejo en el que viven, que las condiciones de trabajo mejorarán sin duda, que todo, todo, va a cambiar.

A Violeta, que sueña sobre todo con caminar feliz de la mano de sus padres, no le importa ese lugar.

Realmente no necesita una vivienda mejor, pero, sí, ahí están los sueños comunes de papá y de mamá, entonces ella también suma al de ellos el suyo propio para, entre todos, hacerlo mayor.

Por eso ya piensa en una casa con jardín y una terraza para ver las estrellas las noches de verano.

Eso sí:

Echará –no hay duda– mucho de menos a Marian y a Laura, sus dos mejores amigas...

Y, cómo no, también a José Manuel, ese chico rubio que vive en el piso de abajo (aunque sea un poquito mayor que ella y apenas haya cruzado palabra alguna con él).

Pero en el rinconcito de la memoria, aunque parezca extraño, caben muchas cosas.

De ese modo, Violeta piensa que cuando llegue el momento, se los llevará a todos bien dentro para siempre y así, guardaditos, nunca le podrán faltar.

Bastará con cerrar los ojos.

No estará, pues, sola, aunque sus amigos ya no pisen su nuevo barrio ni estén a su lado en clase, ni al volver del colegio José Manuel esté sentado en la puerta mientras conversa con los chicos de su panda.

Lo importante es que todo va a cambiar.

Lo dice su padre.

Y Violeta, en la cama, de noche, como en un conjuro, aprieta repetidamente sus ojos y tapa sus oídos para ahogar para siempre las últimas palabras-cuchillo, los últimos golpes rabiosos envueltos en alcohol que sonaron y dolieron en casa, y mientras oye la paz de sus padres, dibuja en silencio una sonrisa, presagio de dulces rumores, que tienen la forma de promesas blancas y que le invitan a jugar mientras, plácidamente, se duerme.

4

Desde las mejillas de Violeta

Hoy es domingo y papá está en casa.

Rafael, su padre, se muestra especialmente feliz.

Limpia con cuidado la jaula del jilguero, procurando que no caiga al suelo ni una sola semilla de alpiste. Incluso silba un poco invitando al pájaro a la imitación.

Pero Freddy, el jilguero que por su cumpleaños papá regaló a Violeta, no canta precisamente mucho en esta época del año.

—Es porque está cambiando las plumas —le dice papá.

Se ve que no todo el mundo en casa puede ser feliz al mismo tiempo.

Pero ella, sí. Violeta está muy contenta. Y lo manifiesta.

—Ponte bien guapa. Nos vamos al Zoo. Incluso comeremos allí. Mamá está haciendo unos bocadillos riquísimos —dice Rafael, y Violeta casi toca el cielo dando un salto de alegría.

Violeta, mientras se viste –y se desviste probándose cosas– canta el más completo y variado repertorio musical: desde canciones de payasos y niñas que tienen ratones chiquitines, a modernas melodías. Estas últimas las conoce bien porque a veces, mientras ayuda a mamá, escucha la radio y sueña.

Una de sus ilusiones, compartida con Laura y Marian, es la de poder cantar alguna vez en público, ante mucho público, pero ya cuando sea bien mayor, para así poder viajar y conocer gente, y pasear siempre con sus padres en coches largos, largos como la fama.

Cuando Violeta está lista quiere que papá y mamá la vean, que le den su aprobación. Por eso camina hacia la cocina nerviosa pero decidida, simulando los pasos que algunas modelos hacen paseando vestidos en televisión.

—¿Qué? ¿Estoy bien guapa? —dice Violeta al mismo tiempo que abre la puerta.

Rafael y Romelia ya están arreglados.

Papá apura su segundo o tercer café de la mañana mientras mamá guarda el último de los bocadillos para el almuerzo en una gran bolsa. Los dos dejan lo que están haciendo para decir casi al unísono:

—Preciosa... Estás preciosa.

Violeta, apenas ha oído estas palabras, justo las que esperaba oír, se lanza primero en brazos de mamá y, luego, como si le faltara tiempo, hace lo mismo con papá, al que abraza por detrás, guardándolo con sus brazos pequeños, apretando con fuerza pero cuidando al mismo tiempo que papá no derrame su preciado café.

Hay besos, muchos besos, entre esos abrazos. Casi un mar de besos

Violeta los ha notado especiales en sus mejillas. Los ha sentido cálidos como regalos. Por eso, decide que esas mejillas rojas sean el mejor estuche, la cajita mágica que guarde para ella auténticas perlas de amor.

Pero también son como luciérnagas.

Luciérnagas diurnas que dicen:

—Ahí va Violeta, la niña más querida del mundo.

Y sí, ahí va, por la calle, tomada de la mano, guardada, protegida, amada. Y sus mejillas rojas le marcan el camino.

5

Desde la **nariz** de Violeta

El barrio, como todo en la ciudad, se abre cada mañana ante Violeta infinito, inacabable.

Desde muy temprano los ruidos inundan calles, plazas, rincones y comercios de este barrio sin fin. También sus olores.

Algunos de ellos envuelven siempre al barrio como seña de identidad.

A Violeta, sobre todo, le gusta comprar el pan en la tahona de doña Carmen. Allí hay un olor especial, como de amanecer, amarillo y tierno. Cada día hay un nuevo encuentro. Y cada día se repite el sortilegio.

—Tus dos barras y los bollitos para los bocadillos —dice doña Carmen que se ha adelantado a la niña.

—Gracias, señora. Aquí tiene —responde Violeta dejando sobre el mostrador las monedas justas.

—Nunca te he pregintado por qué no viene tu mamá a comprar el pan. Es demasiado temprano para una niña.

—Ella debe preparar el desayuno de papá y lo que después pondrá dentro de estos bollos. A mí no me importa madrugar. Y menos aún, ir a comprar el pan.

—También a mí me gusta atenderte todos los días. Eres una niña muy simpática.

—Gracias, doña Carmen. Usted también lo es. Además, le diré que me encanta el olor del pan, de este pan.

—Estoy de acuerdo contigo: no hay nada comparable al olor del pan caliente —dice doña Carmen, orgullosa y feliz.

—Hasta mañana.

—Adiós, preciosa. Hasta mañana.

Y Violeta sale de la tienda con el tesoro que guarda su bolsa entre sus manos diminutas.

Desde la tahona de doña Carmen hasta su casa Violeta tiene tiempo de atender con todos sus sentidos al despertar del barrio. Sobre todo, a sus olores característicos:

La agradable aspereza del agua de riego sobre el asfalto;

El olor picante del restaurante chino de *Huo-Fong*;

La metálica humedad a aceite industrial y grasa del garaje de Manolo Gutiérrez;

La dulce embriaguez que provoca el aroma de los jardincillos del Convento de las Salesas…

Y también el olor que desprende la gente corriente, gente como ella, que sufre, ríe, se alza, se derrumba y vive en aquel enorme bloque de pisos en donde Violeta tiene su hogar, un edificio que, como otros, parece no tener fin.

Cuando Violeta llama a la puerta no acaba el viaje ni tampoco los olores.

En casa huele a tortilla de patata y a filete empanado, y, en medio de esa mezcla de olores cotidianos que ha olido ya antes muchas veces surge otro olor, por desgracia también conocido, áspero y brillante.

Así Violeta descubre enseguida que un hilillo de sangre rueda, libre y salvaje, desde la nariz de mamá al suelo y nota que mamá, derrotada, no abre los bollitos de pan que su hija ha comprado porque papá no está.

6

Desde las cejas de Violeta

No. No entiende nada Violeta.

Hacía tan sólo unos días que la Felicidad la había elegido por compañera. Se sentía realmente bien.

Pero al abrir aquella mañana la puerta de su casa, descubre que ella, la Felicidad, ya no está, que no vive allí, que tal vez se ha roto en mil pedazos –frágil cristal.

Ése es justo el momento en que se mueven al instante, como impulsadas por un extraño resorte, las palabras que ondulan preguntas, que esculpen en el aire los porqués.

Violeta no sabe.

Violeta no entiende

por qué saltan de nuevo los golpes,

por qué brota la sangre,
por qué ruedan las lágrimas…

—¿Qué te ocurre, mamá? ¿Qué te ha pasado? —balbucea Violeta por un lado mientras arquea las cejas, reforzando así las preguntas, dibujando mil y un signos de interrogación.

—Nada, mi amor… no es nada… tropecé —responde, triste, Romelia que limpia con torpeza su sangre con los nudillos de su mano derecha en un intento de ocultarlo todo.

—Entonces, ¿por qué se ha ido papá tan pronto? ¿qué comerá hoy? —insiste Violeta hilvanando pregunta con pregunta aun sabiendo que mamá no le contará tampoco esta vez la verdad.

—Verás, Violeta —explica Romelia intentando sobreponerse, aparentando naturalidad sin conseguirlo—, papá empieza el trabajo un poco antes esta mañana.

—¿Y el pan? —dice la niña que aún sostiene su blando tesoro entre los dedos.

—¿Sabes qué pasa? Sus compañeros lo invitan hoy a comer. Como este domingo es su cumpleaños, ellos desean adelantar la celebración… A tu papá lo quieren mucho sus amigos. Lo sabes muy bien.

—¿Y tú, mamá? ¿Lo quieres tú?

—Yo, mi amor… también… también —dice Romelia mientras abraza con fuerza a su hija Violeta que no cesa de mirar preocupada el pequeño borbotón rojo que brota intermitentemente de la nariz de mamá.

—Si no te importa, hoy me quedaré todo el tiempo contigo. No pasa nada porque falte esta mañana al colegio —dice Violeta aún dentro del abrazo.

—No, Violeta. No debes faltar a clase jamás. Tienes que estudiar para que tu futuro sea mejor que el mío, para conseguir lo que yo nunca tendré.

—¿El qué, mamá? ¿qué debo conseguir? —inquiere otra vez Violeta, separándose del abrazo para así encontrar veladas respuestas en el rostro de mamá.

—Tú misma lo sabrás a su tiempo… si es que no has empezado a saberlo ya —termina diciendo Romelia, extraña y tristemente, mientras cierra de nuevo el abrazo, un abrazo casi eterno que se acaba con el *hasta pronto, mamá* de una Violeta que, solitaria –quizás más que nunca– se lanza a la calle cargada de preguntas que apenas caben en su pequeña mochila escolar.

7

Desde los cabellos de Violeta

Es difícil ese día entender lo que se dice en clase.

Para Violeta, en los libros de texto que utiliza, en las palabras de maestras y maestros, en los diccionarios, y aun en las más cálidas lecturas, aparecen dibujados sus padres y el color rojo lo ocupa todo:

rostros,
fondos,
líneas,
y márgenes.

Siente la voz de su maestra en la lejanía que parece reprenderle...

Pero Violeta sigue sin entender.

Sus propias lindes geográficas –las físicas, y también su mente– están limitadas por los gritos y golpes de papá. Nada hay fuera de eso. Hoy no. Ni premios ni castigos.

Por eso ahora no hay más realidad que la suya propia.

Por eso hoy el recreo le sorprende más que cualquier otro día, porque el bullicio de sillas, mesas, libros que se cierran y, sobre todo, las voces de Marian y Laura, le devuelven por un instante al mundo y a su tiempo.

—¿Qué te ocurre, Violeta? ¡Estás muy rara! —dice Marian, más incisiva y directa que su amiga Laura.

—Nada... No es nada... Mis cosas...

—Pues, salgamos al recreo y en el patio nos lo cuentas... ¿Vale? Nunca hemos tenido secretos entre nosotras. ¿No es cierto?

—Eso, Violeta... cuéntanos... —dice Laura, animada y deseosa de conocer lo que preocupa a su amiga.

—No sé si debo —balbucea Violeta.

—¿Y, por qué no? Somos amigas, ¿verdad?

—Claro; sois mis mejores amigas.

—Pues si lo somos, vayamos rápidamente al patio —dice Marian cogiendo a Violeta de la mano, invitando también a Laura a tomar la otra. Violeta acepta finalmente la invitación.

Y allá van las tres lo más rápido posible para robarle al recreo el tiempo que necesitan y demostrar así, con palabras y con hechos, que son las mejores y más auténticas amigas del mundo.

Las niñas buscan su rincón favorito, justo al lado de uno de los árboles más frondosos del colegio, un rincón que, parece, las espera para oír también el relato de Violeta.

—Venga, cuenta... Estoy impaciente —dice Marian.

—Es que no sé si... —manifiesta tímidamente Violeta que no acaba de abrirse.

—¡Pero bueno! Quedamos en que somos las mejores amigas del mundo, ¿no? —dice Marian, cortando en seco las dudas y la frase de Violeta.

—Sí, claro que sí.

—¿Entonces?

—Perdona, Marian, perdonadme las dos; os lo contaré.

—Vamos, no tengas miedo, Violeta —dice Marian tomando tiernamente la mano de su amiga.

—Veréis: mi padre, algunas veces... se enfada mucho con mamá... —expresa Violeta, aún desde la timidez.

—¡Y el mío! ¡Vaya una novedad! Mira, Violeta: mi padre casi siempre está enfadado. Por eso, creo yo, tiene esa cara tan arrugada.

Marian, desde un primer momento, intenta desdramatizar la situación, pero Violeta baja la cabeza. Así descubre Marian que el problema es mayor de lo que piensa.

—¿Es eso lo que ha pasado hoy? ¿Hubo bronca en casa? No debes preocuparte. En realidad, lo hacen los padres muy a menudo.

—Pues mi padre apenas se enfada —manifiesta Laura que no está muy de acuerdo con la genérica afirmación de Marian.

—¡Vale! Tu padre será un santo... ¡No todos son iguales! —reconoce Marian.

—Es que el mío no sólo se enfada... También... también... también pega a mamá —dice Violeta llenándose finalmente de valor, resoplando un poco entre frases mientras termina confesando el problema que la embarga.

—¿Le... pega?

—Sí, Laura... le pega y le grita. Ha ocurrido muchas veces. Esta mañana ha sido la última.

—¿Y, por qué? ¿Por qué le pega? —vuelve a preguntar Marian.

—Creo que a veces se siente más importante que mamá... sobre todo cuando papá bebe.

—¿Bebe mucho tu padre? —dice Marian acariciando los negros cabellos de Violeta, comenzando ahora de esta forma a transmitirle su ternura y su fuerza.

—Sí, Marian... y algunas veces al verle me da miedo porque insúlta a mamá. Le llama a veces "negra", otras "india" y así, borracho, entre medias de los golpes, grita como un loco y con una voz rara, como de trapo, una y otra vez "¿por qué me tuve que casar con una sudaca piojosa?".

—¿"Sudaca"? —pregunta extrañada Laura.

—Mi papá se refiere al lugar de donde viene mi madre.

—¿Tú mamá no es de Costa Rica?

—Sí. Pero, según tengo entendido, aquí, a todos los pobres de esos lugares, se les llama sudacas, aunque sean de países diferentes.

—¡Vaya! ¿Y, qué vais a hacer? ¿Qué hará tu mamá?

—No lo sé, Marian, no lo sé. Ella sólo calla; calla y me abraza. No me dice nada, pero me abraza.

—Pobre Violeta... ¡qué triste me dejas! —dice Laura, que también desea consolarla al notar que por la cara de su amiga corren libres dos lágrimas que buscan ansiosas el suelo del patio del recreo.

—Y a mí. Pero no debes preocuparte. Nunca te dejaremos. También tendrás nuestros abrazos siempre que quieras.

Y así, de esta forma, con un abrazo colectivo, las tres firman un compromiso de sentimientos y amistad en aquel rincón del colegio, mientras Marian no deja ni un sólo instante de sembrar, al mismo tiempo, todo un nido de dedos y caricias en los cabellos de Violeta.

8 Desde la barbilla de Violeta

Hay que reconocerlo: no hay nada mejor que los amigos.

Violeta ha recibido un maravilloso mensaje de solidaridad y afecto y, de esta forma, se encamina hacia su casa segura de que, de nuevo, la vida les va a ofrecer una dulce posibilidad a cuantos viven a su alrededor, que en realidad todo ha sido un mal sueño, una pesadilla que se repite con cierta frecuencia, pero que se acaba nada más abrir los ojos y enfrentarse sin miedo al mundo.

Laura y Marian la acompañan hasta su portal. Han hablado de cosas muy distintas a las contadas en el recreo:

De ejercicios de Lengua,
de canciones y cantantes de moda,
de horóscopos y concursos,
... y de José Manuel.

José Manuel, precisamente, también acaba de llegar al portal del bloque.

José Manuel tiene recién cumplidos doce años de vitalidad. Por eso no deja de jugar con sus amigos.

Laura y Marian sonríen cómplices ante Violeta que, otra vez y de golpe, recobra un sonrosado color en las mejillas.

Y es que algún día tiene que enterarse; algún día José Manuel debe saber que hay una niña cerca de él que le ha hecho un lugar preferente en sus sueños.

¿Es hoy una buena ocasión para eso?

¿Estaría bien que Violeta tuviera otras cosas más lindas en qué pensar que el problema que vive en casa?

Marian no sabe contestar a sus propias preguntas pero decide entrar en acción por el bien de su amiga. Así, abandona un momento a Laura y a Violeta y se acerca a José Manuel que aún continúa jugando con otro chico.

—¡Hola! ¿Puedo hablar un momento contigo?

—Claro. Espera un segundo, Carlos —dice José Manuel, disculpándose con su compañero de juegos y dirigiéndose de nuevo a Marian—. Tú dirás.

—Mira: yo sé que nos conoces aunque apenas te hayamos hablado.

—Por supuesto que os conozco. Ellas son Laura y Violeta, y tú te llamas Marian.

—Verás, tengo una amiga, una buena amiga, en realidad es mi mejor amiga... Ella quiere conocerte mucho, quiere ser también tu amiga... pero le da un poco de corte. Creo que si tú no das un paso, no se decidirá a hablar contigo en la vida...

—¿Quién es? —pregunta José Manuel con tremenda curiosidad.

—Violeta.

—¿Violeta? ¿De verdad? ¡A mí me encanta Violeta! Bueno, a mí y a muchos de mi pandilla: tiene algo especial, quizás porque no sea de aquí... no sé...

Oído lo que acaba de expresar el chico de forma gráfica y clara, Marian apenas tiene tiempo para llamar con extremada urgencia a Violeta. Ésta, que se ha refugiado, a cierta distancia, en Laura, no entiende nada, no sabe por qué su amiga la llama, aunque se teme algo (maravilloso por lo demás); avanza lentamente hasta donde se encuentran José Manuel y Marian, sin apenas levantar los ojos del suelo.

—Mira, Violeta. José Manuel quiere hablar un momento contigo. Os dejo, ¿vale?

—¡Pero, Marian...! —dice Violeta que no se atreve a mirar a aquel chico que tantas veces ha sido el protagonista de sus sueños.

—Bueno, tu amiga me ha dicho... que quieres conocerme mejor, que quieres ser mi amiga... No será una broma, ¿verdad? —pregunta José Manuel un poco también desde la timidez.

—Claro que no.

—Pues, si te parece bien, podemos quedar mañana, en el portal, por ejemplo, a las seis de la tarde. Nos vamos, si quieres, al Parque de Sotogrande, y así, charlando un buen rato, sabremos de los dos. Ya sabes: qué cosas te gustan, cuáles no... Tus hobbies y eso... No sé... ¿Vale? Me encantaría que fuera esta tarde pero hoy tengo entrenamiento de baloncesto y me ocupará casi todo el tiempo. Pero mañana, si tú pudieras, sería estupendo. ¿Te parece?

—¡Me parece! ¡Hasta mañana!

—Hasta mañana. ¡Ah! Espera, Violeta... —dice José Manuel tomando a su nueva amiga tiernamente del brazo—. Las personas, cuando se conocen, cuando se presentan, se besan dos veces. No te importa, ¿verdad?

—Tú ya me conocías... Pero no, no me importa.

Y se besan, fugaz y torpemente. Tan torpemente que Violeta no sabe qué hacer con su cara. Pero al final siente como su barbilla recibe la ternura carnosa de unos labios.

Y se dicen adiós sin pronunciar siquiera una palabra.

Y cuando José Manuel sube en el ascensor hay más besos. Y también saltos de alegría. Esta vez para Laura y sobre todo, para Marian. Y nuevos adioses y nuevas "gracias".

Violeta se lanza entonces velozmente escaleras arriba hasta la cuarta planta, en donde vive, tocando una y otra vez con sus dedos la barbilla que rozaron los labios de José Manuel, unos dedos mágicos, hechos, sin duda, para guardar tesoros.

9 Desde los párpados de Violeta

Violeta llama varias veces al timbre. Está impaciente por ver de nuevo a su madre, por entrar y comprobar que en casa se han despertado de la pesadilla, tal como ella ha hecho ya, que todo, todo, ha cambiado por fin.

Pero Romelia tarda más de la cuenta en abrir.

Cuando lo hace, guarda torpemente un pañuelo en el bolsillo. Dentro hay una señora aún joven, de agradable presencia. Y sobre la mesa muchos papeles, fotos y recortes de prensa. La señora sonríe a Violeta.

—Vaya, tú debes ser Violeta… Tu mamá me habló mucho de su pequeña, pero ya veo que no eres una niña sino toda una mujer.

—Hola, señora.

—Ella es Isabel, una amiga —dice Romelia—. Anda, cariño, espérame un ratito en la cocina, ¿sí? Ya puse tu comida sobre la mesa. Aún está caliente. Empieza a comer sin mí, mi amor. Pronto iré yo.

Violeta obedece a su madre y se encamina a la cocina. Pero la curiosidad infantil le puede y no duda en entreabrir un poco la puerta para saber quién es esa extraña señora y qué hace en casa.

Las delgadas paredes del pequeño piso ayudan en la tarea y, aunque su madre y la señora se esfuerzan en hablar bajito, Violeta conoce parte de la conversación que las dos mujeres sostienen.

—Me decía que no habría problema de trabajo.

—Sin duda; tú sabes bien que en todas las ciudades, por pequeñas que sean, se necesitan asistentas domésticas. Enseguida tendrías una casa para dedicarte exclusivamente o trabajarías por horas, si eso te resulta más cómodo y económicamente más rentable.

—¿Me asegura que no habrá problemas de extradición? ¿No me expulsarán del país el día en el que ya no esté legalmente casada?

—Te lo aseguro, Romelia. La hija que tuviste aquí con tu marido es el auténtico pasaporte que te vincula definitivamente a este país.

—Si nos marchamos, ¿Rafael la podrá reclamar?

—Puede hacerlo, pero los malos tratos son definitivos. Bastará con la denuncia y con un informe médico que los certifique. La sentencia judicial posterior, con seguridad, determinará, eso sí, que tu marido pueda seguir viendo de manera periódica a Violeta, pero no tendrá la patria potestad. Todos estos casos con sus correspondientes sentencias definitivas avalan lo que te digo.

—Esto es tan difícil…

—Muchas mujeres con tu mismo problema han dado ya el paso. No debes tener miedo. Para eso está nuestra asociación…

Violeta ya no quiere oír más. Cierra definitivamente la puerta de la cocina y se sienta derrotada frente a la diminuta mesa sobre la que tiene servido el almuerzo.

Y de nuevo Violeta traza, sin comer, más de cien interrogantes, esta vez con la cuchara, como si buscara respuestas en el fondo de su plato de sopa.

Pero allí no hay nada.

Tampoco le atrae la comida. Sólo quiere que se vaya la señora, que venga hasta ella su madre, que le explique qué es lo le trajo el aire, qué es lo que va a ser de sus vidas…

Y con la sopa bien fría, después de un tiempo que a Violeta le parece eterno, entra Romelia a la cocina. La señora ya no está.

Violeta salta hacia los brazos de su madre que se desvive otra vez en caricias para su hija. La niña busca enseguida el rostro de la madre. No quiere perderse ni palabras ni expresiones. Quiere saberlo todo. ¡Hoy es el día de la verdad!

—Mamá, os escuché. Oí la conversación que tuviste con esa amiga tuya. Perdóname pero tenía que saberlo, tenía que saber qué es lo que ocurre, qué nos puede ocurrir a las dos —dice Violeta invitando definitivamente a su madre a la comunicación directa, viva, real.

Romelia queda desarmada y sólo puede abrazar de nuevo a su hija y rompe a llorar.

—Perdóname tú a mí, mi amor… Perdóname por no haberte hablado de todo esto mucho antes. Pero no quise jamás que vivieras mi sufrimiento para no hacerte sufrir a ti también. Ahora sabes mejor que nunca que tú eres lo único que tengo…

—¿Y papá? ¿Qué pasará con papá?

—No lo sé, cariño… Cada momento vivo pensando en que pronto se arreglará todo. Pero me engaño. Sí, Violeta: una y otra vez me engaño.

—¿Por qué?

—Porque a muchas personas el amor que tuvieron un día, se les escapa sin querer, como el aire que pierde un globo al pincharse, poco a poco, sin que se pueda hacer nada, y luego no es posible poder recuperarlo. Yo lucho cada instante por atraparlo. Pero papá no lo puede hacer al mismo ritmo que yo. ¿Me entiendes?

—Creo que sí.

—Unas veces se muestra cariñoso, pero otras está bien triste porque las cosas no son como él las soñó. ¿Sabes? Es entonces cuando tu papá queda como herido, grita, rompe cosas, choca con la gente que considera culpable de su herida, de su situación. Posiblemente, esa culpable sea yo.

—Pero, ¿y el alcohol?

—El alcohol le sirve para transformarse, para romper con todo lo que le rodea, para ser otra persona distinta.

—Mamá... No quiero dejar a papá...

—Ni yo, mi amor, ni yo... ¿Pero qué podemos hacer?

—Esperar... Esperar solamente. Quizás ya no vuelva a suceder.

—Ojalá, mi vida, ojalá...

Y Violeta se siente acunada otra vez como, cuando siendo muy niña, se quedaba dormida entre los brazos dulces y tiernos de mamá. Y es allí, en ese nido, donde decide plantar una semilla de esperanza.

Por eso, esa tarde, Violeta se manifiesta más animada que de costumbre. No solamente se traduce este ánimo en un trabajo más decididamente eficaz y provechoso con las tareas escolares, ha estado largo rato estudiando, sino en una ayuda directa a su madre que nota, no hay duda, las palabras, las sonrisas y las miradas de Violeta más reconfortantes que jamás antes haya recibido.

Hay trabajos en la cocina, hay que limpiar bien el polvo, incluso, hay que planchar un poquito, aunque se le dé mal a Violeta. Pero, qué importa, lo hace. Y lo hace con ganas, porque piensa que cada trabajo bien hecho puede ser un motivo gozoso para que no se caiga esa casa.

Pero un timbre suena al final taladrando largamente los sonidos que Violeta pinta de esperanza. Y a ese timbre le siguen unas voces, y luego golpes en la puerta que resuenan huecos en los corazones de las personas que se encuentran dentro.

—¡Es papá! ¡Seguramente ha bebido! —dice Violeta alarmada.

—¡Enciérrate en tu alcoba! ¡Pronto! —ordena Romelia a su hija sin decidirse a abrir.

—Pero mamá... Yo debería intentar...

—Obedéceme, Violeta... por favor... —repite la madre dando tiempo a la niña antes de abrir la puerta que separa el miedo de la furia.

La niña hace ademán de obedecer y se encamina a su cuarto mientras arrecian los golpes y los gritos. Romelia abre al fin la puerta.

—Tan airado te fuiste esta mañana que no te llevaste las llaves —dice la mujer justificando de alguna forma la espera frente a la puerta de su marido.

—¿Justifica eso, india del demonio, que me hayas tenido esperando un buen rato para entrar a mi propia casa? —grita Rafael una vez se ha asegurado de cerrar la puerta del piso mientras abofetea sin rubor a su mujer, como un cruel saludo.

—Lo siento —dice Romelia llevándose las manos al rostro.

—¿Que lo sientes? La gente como tú no puede sentir nada porque no sois nada ¿Me entiendes? ¡Nada! Tú tampoco existes. ¿Quién eres? ¿Qué tienes?

—Soy la madre de tu hija —dice ahora Romelia, quedamente, dignamente.

—¿Seguro? Ella es tan oscura como tú misma. Hasta mis compañeros lo dicen. No creo siquiera que sea hija mía.

—¡Papá! ¡No digas eso! ¡Te quiero! —dice Violeta saliendo de su cuarto para frenar con un abrazo las disparatadas afirmaciones de aquel hombre.

—¡Fuera! ¡Fuera de mi vista las dos! ¡Fuera! —grita Rafael que golpea secamente a Violeta para hacerla desistir del abrazo.

Y Violeta cae al suelo, derrumbada por un manotazo de ira y alcohol que alcanza de lleno su cara a la altura de los ojos. Rafael no repara en ella. Se dirige al dormitorio lanzando un rosario de incongruentes palabras, una salmodia oscura impregnada de etílica rabia. La puerta del cuarto se cierra definitivamente.

Romelia atiende rápida a su hija; la acuesta en el sofá, le cubre con paño húmedo los párpados ya oscuros mientras llora muy bajo y sin pausa.

Y cuando Violeta reacciona, en cuanto puede moverse, casi con lo puesto, Romelia y su hija introducen en un par de bolsas documentos, ropa y un poco de comida, y así, con el máximo sigilo, abandonan la vivienda, huyendo del último golpe que dejo impreso el desamor y la sin razón en los párpados de Violeta.

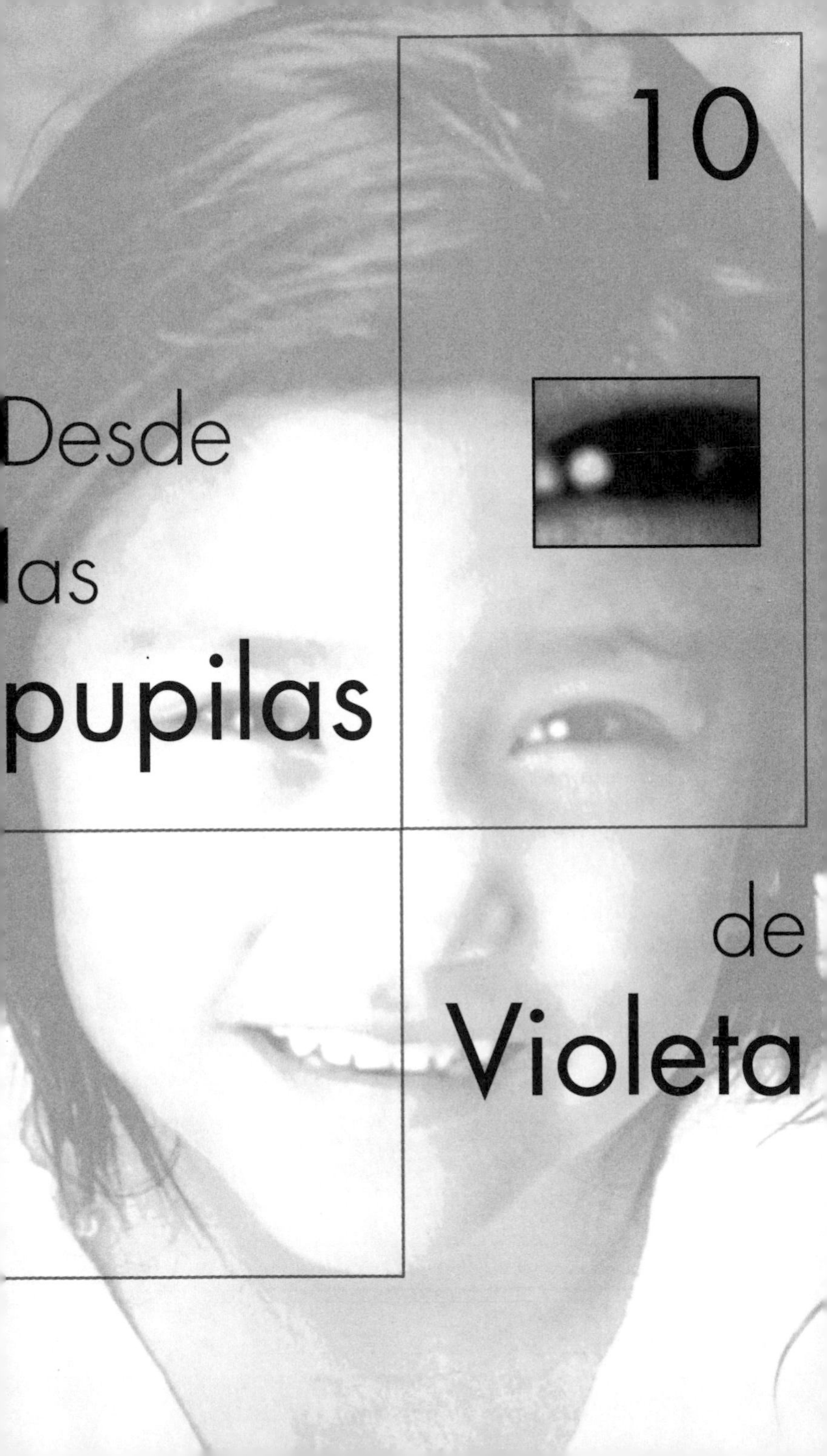
10
Desde
las
pupilas
de
Violeta

Ha sido una noche muy larga.

Ante los ojos casi cerrados de Violeta se han sucedido escenas que nunca antes presintiera:

La trepidante acción de un hospital aún en la noche,

el claustrofóbico ambiente de una comisaría de policía,

las declaraciones que no acaban,

las miradas profundas como preguntas,

las preguntas absurdas como silencios,

los silencios huecos que golpean,

el repiqueteo constante de torpes máquinas de escribir,

las difusas personas que entran y salen de aquellas salas mortecinas, que no saben de niños, de hambre, de sueño ni de miedos...

Ha sido una noche sin horas.

El tiempo, casi estancado en la oscuridad, ha empujado sin cesar a Romelia y a Violeta contra distintos espacios y empleados.

Así, en esta noche tan larga, Violeta siente el peso de los últimos sucesos que se han volcado dramáticamente sobre su rostro infantil. Sus amoratados párpados ansían cerrarse, pero la niña, que se mueve ya inconscientemente a golpetazos, a impulsos, tiene de nuevo que abrir los ojos cuando surge otro traslado, otra confesión, otra entrevista.

Pero todo acaba. También la noche.

El amanecer sorprende a Violeta en la estación central de autobuses.

Mamá atiende a la misma señora que estuvo el día anterior en casa. La ha reconocido enseguida, aun dentro de ese frenético ambiente de tránsito y viajeros.

Violeta abre poco a poco sus ojos. No sabe qué hace tumbada en los asientos de esa estación ni cuánto tiempo ha dormido. Parece que ha pasado un siglo. Pero la presencia de la señora la devuelve otra vez a la realidad. Hay de nuevo sonrisas para Violeta. También ella esboza la suya. Casi apenas puede entender qué hablan su madre y aquella extraña mujer. Sólo sabe que está ahí, en esa estación también extraña.

Mira ahora, todavía desde la dificultad, a la gente que mueve maletas y bolsas. Desconoce hacia qué destinos se encaminan. Pero a ella le ocurre lo mismo. Ahora ya no tiene más referencias que su madre. Y Violeta entiende que seguir a su madre es seguir su destino.

—Mamá, ¿qué ocurre?

—Duerme un rato, mi amor. Descansa un poco. Te avisaré cuando nos vayamos.

Y Violeta cierra de nuevo los ojos sin dejar de preguntarse adónde irán.

Cuando mamá la llama, montan las dos en un autobús largo como la duda de Violeta. Pronto el vehículo se pone en marcha y empieza a devorar kilómetros. El paisaje empieza a cambiar, mientras continúa trenzando carreteras.

Violeta y su madre apenas hablan pero se miran; se miran abiertamente, como si ambas fueran cómplices de una fuga que les llevara a la libertad. Por eso, mientras se llenan de paisajes nuevos y de miradas de mamá, las pupilas de Violeta se tornan grandes, inmensas, para recibir, de ese modo, ráfagas de futuro... el eterno y abstracto concepto de *futuro* que ahora Violeta ha decidido por fin entender.

Y una carta desde la **cara** de toda la **inocencia**

11

Queridas Marian y Laura:

Quiero comenzar esta carta pidiendo perdón a las dos. Bueno, también a José Manuel. Sé que debía haberos escrito antes, pero pensé que era mejor que pasara un tiempo para así tener mejores cosas que contar, cosas agradables y muy distintas a las que nos hicieron marchar a mamá y a mí. Sé también que no ha estado bien irme así, sin despedirme, pero os aseguro que todo ha sido tan rápido que aún no puedo creer lo que me ha pasado.

Bueno, me prometí antes de escribir no contar cosas tristes y lo voy a intentar. Por eso os diré que la ciudad en donde vivo es mucho más pequeña que la vuestra, pero también es bonita. Tiene grandes parques y los edificios no son tan altos ni hay tantos coches. ¡Mejor así! ¿No creéis?

Mamá y yo estamos en un piso bastante especial. No es nuestro pero la gente que vive allí y las amigas de mamá hacen que nos sintamos realmente bien. Tiene el nombre de "centro de acogida" y en él vivimos tres familias, y ninguna de ellas tiene aquí a su papá. Ahora tengo por un tiempo nuevas hermanas y hermanos. ¡Quién lo iba a decir! ¡Con la de veces que he soñado que tenía otro hermano! Conmigo, en este piso, están Carmen, Luisa, Antonio, Inma e Isabel. Parece que les he caído bien. Nos hemos unido mucho. Tal vez sea porque tenemos el mismo problema. No lo sé. De todas formas, ¡os echo tanto de menos! ¡Vosotras sí que hubierais sido mis hermanas ideales!

Mamá ha comenzado a trabajar y está contenta por ello. Yo estoy en un nuevo colegio y, como le he prometido a mamá que estudiaría mucho para ser alguien importante algún día, mis nuevas maestras y maestros parece que lo han notado y están contentos conmigo.

Antes lo nombré y es que, lo reconozco, no me olvido ni un ratito de él. ¡Qué mal se tuvo que sentir José Manuel de tanto esperar! Ésta es una de las cosas que más me han dolido junto con el hecho de perderos de mi lado. Pero os aseguro, amigas mías, que os tengo muy cerquita pues he aprendido fácilmente a cerrar los ojos y soñar con los tres al mismo tiempo. Es así siempre que quiero. Y es estupendo.

Vosotras ¿tenéis ganas de verme? Estoy segura de que sí. Yo no sé bien cuánto tiempo tardaremos en encontrarnos. Mamá y yo tenemos que estar aquí, en este piso y en esta ciudad bastante tiempo, hasta que haya un juicio. Después, probablemente, veré a papá. A lo mejor él me lleva de vacaciones o en fines de semana hasta nuestro piso, en el barrio. Él sigue viviendo allí. Seguro que se sentirá solo.

¿Sabéis? Sería lindo teneros muy cerca, sentiros a mi lado, poder abrazaros como aquel día en el cole. ¿Os acordáis? ¿No os importará mucho que en el próximo abrazo metamos también a José Manuel?

No quiero terminar esta carta sin agradeceros los ánimos que seguramente me habéis mandado, aunque no hayan llegado noticias vuestras hasta aquí. Vosotras no tenéis la culpa. No sabíais mi dirección. Tampoco quiero que contéis a nadie dónde nos encontramos mamá y yo. Ése será nuestro secreto... ¡El mayor de los secretos!

Y ahora, sí; ahora quiero terminar esta carta cuanto antes para que no tarde mucho en llegar hasta vuestras manos. En ella quiero encerrar para vosotras y para José Manuel una gran parte de mis abrazos y de mis caricias, y también otra parte de todo cuanto veo y vivo en esta ciudad pequeñita, sus olores y sus colores, todo lo que oigo y hablo en este sitio, tan lejano al vuestro y tan cercano, también.

Os escribiré pronto. Recibid mientras, uno a uno, todos los besos del mundo.

Vuestra amiga

Violeta

índice